【 名 家 诗 歌 典 藏 】

郭小川诗精选

郭小川 著

长江出版传媒 长江文艺出版社

图书在版编目（CIP）数据

郭小川诗精选 / 郭小川著. --武汉:长江文艺出
版社，2022.4
（名家诗歌典藏）
ISBN 978-7-5702-2450-0

Ⅰ. ①郭… Ⅱ. ①郭… Ⅲ. ①诗集－中国－当代
Ⅳ. ①I227

中国版本图书馆 CIP 数据核字(2021)第 224687 号

郭小川诗精选
GUOXIAOCHUAN SHI JINGXUAN

责任编辑：梁碧莹	责任校对：毛　娟
封面设计：颜森设计	责任印制：邱　莉　杨　帆

出版：长江出版传媒 ｜ 长江文艺出版社
地址：武汉市雄楚大街 268 号　　　邮编：430070
发行：长江文艺出版社
http://www.cjlap.com
印刷：湖北恒泰印务有限公司

开本：880 毫米×1230 毫米　　1/32　　印张：6　　插页：8 页
版次：2022 年 4 月第 1 版　　2022 年 4 月第 1 次印刷
行数：4608 行

定价：36.00 元

| 目 录 |

夏①

夏日的时光没有一丝沉寂，
苍蝇营营，咀嚼着同类的尸体；
太阳笑着一张发狂的面孔，
到处都流荡着炽热的气息。

这炽热是万物的熔炉，
像冶金般地烧毁你粉色的梦；
山坳、旷野、渲染了片片的碧绿，
世界像已勃然地觉醒。

趁这时你应当洗刷你的旧恨，
让积久的忍耐化作熊熊怒火；
请鼓动你本能的力气，
放开一个天大的花朵！

---

① 首刊于《华北日报》1937 年 5 月 24 日，署名郭苏。

牧羊人的小唱①

——塞上草之二

牧羊人顶爱歌唱——

冬天，大清早上，

他就鞭打着挑［调］皮的群羊，

放浪地溜向

长草的地方，

（去吃那战争的火焰

没有熏黑的草秧，）

喉咙里迸出清脆的声响，有如骆驼颈子摇曳的铃铛。

早上，

我迎太阳上山岗；

晚上，

我披太阳回村庄。

牧羊人，

忙又忙！

鞭子是我底武器，

---

① 首刊于《大公报》1940 年 2 月 28 日。

舌头是我底力量。
羊呀，我底子孙，
土地呀，我底亲娘！
太阳染红我底脸，
筋骨酸软怎能当？

他漫过披雪的原野，
攀登到向阳的
山坡上，是只年青的羔羊
独个儿玩耍在一旁，
他拿小铲掀起一块石子掷出去，惩戒那不驯的羊，
而那羊却猥亵似的
走来走去，自由地游荡……

太阳光，
黄又黄，
金光撒遍这群羊，
羊毛明晃晃；
羊眼亮光光；
羊鼻喘嘘嘘；
羊嘴咩咩响；
羊尾直摆动；
羊腿如风总奔忙。
他突的带气地笑了

笑向那独自跑走的羊。

羊呵，羊呵，
你要去作菜？
你要去当汤？
你要上厨房？
羊呵，羊呵，
请你想一想：
今天你在山上彷徨，
明天也许叫人饱尝，
你为谁辛苦为谁忙？

他把羊群赶上高耸的山岗，
昂然向地面瞭望。
他望见那无尽的白云，
无尽的山海茫茫。
他望见那深藏在山沟的
簇簇的村庄——
（那儿再没有排列有序的瓦房）
一片废墟、瓦砾、空场……
说塞上本就荒凉，
那末如今已不似往常
比沙漠或许只
少几次风暴猖狂！

日本兵

叫我们：

当牛马，当羔羊。

杀人又烧房，

抢走了妇女又抢羊。

听：

炮声隆隆响……

看：

兽机多猭狙！

而我的筋骨呵，

酸软怎能当？

酸软怎能当？

他的心儿要热狂，

他的皮鞭高扬，

抽打羊的脊梁。

他跑下山岗，跑过原野

跑向他们僻静的村庄……

我呀，难道我是一只羊？

我呀，难道我是一只羊？

不，我决不是羊！

羊呵，羊呵，

你为谁辛苦为谁忙？

晋察冀草

绥西抄

骆驼商人挽歌①
——塞上草之三

　　行走在长城上的骆驼商人队遭受了日机的轰炸，一个商人搂抱着他的骆驼同时倒下了……

大风砂里，
忠毅的旅人呵！
你搂抱着你那笨重的
最亲昵最疼爱的伙伴
颓然倒下了！
像一座崩塌的山岩。

风在叫嚣，
黄砂在飞走，
你俩的血搅在一起，
汩汩地流……

你们来自西口，

---

　　① 首刊于上海《大美报》1940 年 4 月 25 日。

想从脚下磨来你们的吃喝，

骆驼载着重荷，

你拉着骆驼。

无期的旅行，

无尽的折磨，

全靠你俩交互的抚爱；

什么辛艰苦难

都被你们跨过！

爬山，

渡河，

走沙漠……

永作异乡的生客；

你们是最耐心的拓荒者，

你们是中国式的探险家。

而今天呵！

"你俩如此安静——

让血任意流吧，

我们的血已淹没了

产自东洋

绽放在长城上的炸弹花，

从血灌溉的土地上生长的

将是更鲜丽的花朵呀!"

你却还固执地抱着骆驼，
诚朴的旅人呵！
当你吐出一口气的时候，
你猛力抖擞你
惯于行走的生毛的腿，
瞪大看惯远方的眼睛，
张开你的嘴，
而是无声息地缄默……

赶快听吧，
那整个中国草原上的
比炸弹还宏大而铿锵的
突破旷野的挽歌。

1939 年 8 月晋察冀草
1940 年 3 月抄改

一个声音①

"呀——"

你只响这么一声吗，好同志？

而战斗的骚音统治的峡谷里，

你的声响在那爆炸和弹流的回旋之下，

又显得怎样地低微与无力呵！

……你就那么猝然地

放倒你金属般沉重而壮大的身躯，

好像喝醉了烈性的高粱酒，

浪漫地关闭了你织着红网的眼睛。

好同志，你活着的时候，

你年轻的灵魂永浸在战斗的沉默里。

直到你倒下去的一秒钟以前，

你还在沉默地向前冲击，

当你倒下去，最后告别我们，

你又如此吝啬你的黄金的语言——

不是遗嘱，不是付托，

---

① 首刊于桂林《诗创作》1942 年 2 月 20 日第 8 期，署名小川。

不是呼喊，不是呻吟，

不是哭泣，不是歌唱，

也不是笑……

只是那单调的一声呵，

有如婴儿来到世界上的第一声叫喊。

由于你那声音的感召，

你的同志们立即奔驰而来，

庄严地望望你，拾起倒下的长枪，

射出未发的子弹又奔驰而去……

由于你那声音的感召，

小鬼卫生员哭丧着脸走来，

握握你的冷手，用一块白净的纱布

堵住你脸上那条血液的小河。

由于你那声音的感召，

你的老乡们抬着担架踽踽而来，

安置你在麻绳所编织的松软的睡处，

举着你走向光亮的小路，光亮的田野……

(就这样

你安详地睡了……)

随后，你祖国草原的风暴，

摹拟你的声音而歌唱。

你祖国天空的飞行合唱队——

那小鸟群也追踪着你，
以童贞的音带唱它铿锵的生命之歌。
你的伙伴们在你辽阔的坟场，
响起了撼天的凯旋的大合唱。

1941 年 4 月于延安

晨　歌①

是秋天

秋天的早晨我老是起得很早

而且爱在黎明的薄雾里

去访问延河

延河

天天唱着小曲

呼唤我——

呵，我来了

我的延河

我是你的一条小支流呀

投奔你

自我从幻丽的梦里带来的

笑的碎响

和低吟的

我的歌

我就想

---

① 首刊于绥德《新诗歌》1941 年 11 月 25 日第 5 期。

我怎么好像更年轻、年轻的多！
——我走在白色的雾层里的山坡上
像是一个腾云驾雾的小仙童
到深山的古泉
取圣水。

我走着，蹦跳地走着
一转眼，
我到了我的蓝色的延河
延河上
有一个先我而来的
年轻的女同志
她正蹲在一块突出水面的石头上
洗她那冻得发红的脸
她那黑色的长发垂落在水面
她不能看见我
但听见
我唱歌。
她问：
——你唱的是什么？
我笑了笑
我猛然扬起我的手臂
朝向孕育着太阳的东方的天空
新鲜的天空

挺开胸脯而深呼吸……

那山
——太阳的屏风
现在是更高而且大了
那青色的宝塔
和那塔下的半圈城墙
好像被火亮的光焰
炼成古代的青铜的巨人铸像
那收割的田野
那草坡
那河岸
都像是着了火了，着了火了……

呵，我的马呢
马呢，让我骑上如飞地远去……
我的枪呢
枪呢，崩地一声
叫我的仇敌应声倒地……

而什么时候
我的农民型的粗壮的影子
跃进河里
去了

呵

早安！

世界恩赐给你

少有的健康的样子啊！

今天，你

你还忧郁吗？

病吗？

悲哀吗？

呵

你是多么像一个英劲的骑士

骄傲吧，年轻的你！

天不早了

随便洗了几下脸

我就怀着对于世界的深沉的感谢

和爱恋

又唱起

我的歌

走回来——

那个女同志又踱步在大路上

边走边读着书

我没有惊扰她，悄悄走过……

河的对岸

一个农夫赶着黄牛来了

往来的人群也把大路上的尘土扬起

我的同志

都动起来了

小鬼们忙着收拾农具去生产……

而我

真的是一条延河的小支流

不能呈献给

秋天的早晨

歌唱以外的东西吗？

一九四一年十月十二日在延安蓝家坪

让生活更美好吧[①]

多么明朗而又丰满的世界呵！

哪怕你闭上眼睛，

你都会

　　　感触到这一切

　　　　　从而真心地爱上这一切；

时间如海浪般推进着，

涌向你的是

　　　多少激动人的白天

　　　　　和白天一样的黑夜！

该过去的都成为过去啦，

反动统治者

　　　为我们特设的牢墙

　　　　　已经倒塌，

旧日的痛苦的记忆

　　　一次又一次

　　　　　为爽快的春雨所冲刷，

吸过我们眼泪和鲜血的土地

[①]　首刊于《人民文学》1956年第6期。

几度地长出

　　　　新的庄稼，

要来的有许多已经来了，

人民共和国的旗帜

　　　　像火红的云霞

　　　　　　飘展在蓝色的天空，

天边的地面

　　　　仿佛是由歌声、火把和香气

　　　　　　　　所组成，

早晨的温暖的阳光

　　　　和清凉的露水一起

　　　　　　　渗进人们的心灵。

呵，让我们

　　　放声地唱

　　　　　一支欢乐的歌，

为了

　　这不曾经历过的

　　　　　美好的生活，

也为了

　　这美好的生活

　　　　永远永远都不会衰落；

……然而我们的歌声

　　　　可不能像夜莺

　　　　　　唱得那样心平气和，

我们所需要的幸福

　　　比现在有的

　　　　　还要多得多，

已有的一切

　　　跟将要有的相比

　　　　　实在算不了什么！

是的，我们的田野

　　　又广阔又美丽，

小块的土地

　　　已和它们的主人一道

　　　　　　联成巨大的集体，

麦子长得比人还高

　　　　人声和麦浪

　　　　　流动在一起；

可是，这画面

　　　却显得过于朴质：

那金色的带子般

　　　　一泻千里的河流上

　　　　　　没有水电站，

无际的平原上

　　　缓慢移动着的还是老牛

　　　　　　而不是拖拉机。

我们的城市

　　　是喧闹又沸腾的，

祝贺社会主义胜利的

       铿锵的锣鼓声

              代替了催眠的乐曲，

高大的多层的建筑物

       如同巨人

           一座座从地面上昂然站起；

可是，就在这里

       贫穷也没有绝迹：

低矮的灰顶小屋

       与高大的厂房

          并肩排列着，

创造先进生产定额的

       俊美的姑娘

          穿着男子的蓝色粗布衣。

我们的海洋

       是这样变幻无穷而且富有生气，

劳动英雄们

       牵着太阳撒出来的万道金线

             在海边沐浴，

当夜降临时

       星群般的点点渔火

          乘着橙色的波浪飞驰；

可是，惊惶和不安

       还不时降临到这里：

来自台湾的海盗

　　　　　在黑暗的夜间

　　　　　　　　　常常爬上岸边的岩石，

敌人的军舰

　　　　　凶恶地袭击着

　　　　　　　　　我们的船只。

我们的草原

　　　　　是繁茂又安静的，

成群的牛羊

　　　　　啃嚼着青草

　　　　　　　　　谛听那愉快的牧人吹横笛，

骆驼的铃声

　　　　　带来了鲜美的货物

　　　　　　　　　和内地同胞遥远的致意；

可是，这里也有

　　　　　不公平的事：

地上的人们解放了

　　　　　　而地下的无尽矿藏

　　　　　　　　　还不见天日，

混浊的河水快变清了

　　　　　而发亮的石油

　　　　　　　　　还在地层中哭泣。

哎，无须掩饰——

　　　　　我们不仅有欢乐

　　　　　　而且有着忧虑，

也无须隐瞒——

　　　　　我们永不满足

　　　　　　　　生活的欲望没有尽头，

而这忧愁

　　　　只会使我们挺身而出

　　　　　　　　进行顽强的奋斗，

这种不满足

　　　　促使我们

　　　　　　　更充分地运用我们的头脑和双手。

是呵，为争取更美好的生活

　　　　　　　而斗争，

这就是

　　　我们的

　　　　　奇妙的人生！

更美好的未来

　　　　使我们的繁重的劳动

　　　　　　　　变得轻松，

无论在车间或耕地上

　　　　　都有一股暖流

　　　　　　　　流过我们的心胸，

更美好的未来

　　　　使我们上年纪的人

　　　　　　　重又年青，

青春的血液
　　　　像雨水滋润禾苗
　　　　　　　　充实着我们的生命，
更美好的未来
　　　　为我们年青人
　　　　　　　增添了更炽烈的爱情，
小伙子的臂膀
　　　　这样有力
　　　　　　　而姑娘的脸是这样地绯红，
更美好的未来
　　　　也为我这愚笨的诗人
　　　　　　　　　送来了聪明，
当我伏在案头
　　　　灵感就像小鸟
　　　　　　　扑进我的激动的心中。
让我们以
　　　　百倍的英勇和勤劳
　　　　　　　获取我们所需要的一切吧，
让我们的
　　　　美好的生活
　　　　　　　变得千倍万倍地美好！
呵，冬天的北风，
　　　　　　已不再悲嚎，
伴着工地上
　　　　金属与砖石的碰击声

它在奏着豪壮的曲调；
天上的星星
　　　　已不再睡大觉，
用它多情的目光
　　　　把国防线上的战士
　　　　　　　　送上战斗的岗哨；
黄梅季节的细雨
　　　　已不再惹人烦恼，
它使孩子
　　　　睡得这样香
　　　　　　而又把农民身上积久的尘土洗掉；
淡淡的月光
　　　　已不再把人嘲笑，
它在不声不响地
　　　　跟灯下的工作者作伴
　　　　　　　跟夜间赶路的人赛跑。

朋友们，相信吧！
对于这块土地上
　　　　不自满足
　　　　　　又不知疲倦的人们，
明天一定比今天好
　　　　后天比明天
　　　　　　还要美妙！

1956 年 3 月 25 日

春暖花开①

一

春天来了，
中国布满生机。
北方飘雪，
麦根儿在雪下伸腰肢；
南国花开，
布谷鸟在花间啼；
东海扬波，
白浪映得岸上绿；
西部飞砂，
风砂滚滚舞新枝。
好春天！
惹得世界欢欢喜喜。

春天来了，

---

① 首刊于《人民日报》1959 年 1 月 31 日。

处处有春意。
小虫睡醒，
伸伸懒腰展开翅；
雁儿高啭，
唤来彩云游天际；
柳条扬手，
为田野招徕行旅；
风儿漫舞，
暗将情思传递。
好春天！
使天下皆诗。

春天来了，
万物扬眉吐气。
河水解冻，
闹闹嚷嚷奔向水库去；
小草发芽，
硬着头皮顶破地；
大地喷香，
逗引铁牛来下犁；
高山抬头，
渴望主人插红旗。
好春天，
真是斗争节日！

谁是春天主人，

快把春天占据。

春在人心，

毋须广播消息。

春遍人间，

不用邮电通知。

人在哪里，

春在哪里，

何必远去寻觅。

人心有多高，

春天有多好，

春从人意。

二

春天的主人呀，

——咱们的好同志！

到春天来吧，

莫迟疑。

春暖花开，

正是英雄用武之时。

大好江山，

正是呼风唤雨之地。

懒汉哲学，
要丢弃！
战士胸襟，
不容一丝儿娇气！

春天的主人呀，
——咱们的好兄弟！
到春天来吧，
莫游移，
万里长征，
仅仅是个开始。
前途正远，
还不是休闲时日。
困难重重，
岂能吓住英雄儿女！
千辛万苦，
咱们又何所畏惧？

春天的主人呀，
——咱们的好同志！
到春天来吧，
莫沉迷！
伟大祖国，
还是一张白纸。

无尽宝藏，

还关在深深地底。

跃进步伐，

岂能半路停止?!

能工巧匠，

还不施展高超技艺?!

春天的主人呀，

——咱们的好兄弟!

到春天来吧，

莫大意!

帝国主义者，

正对着我们咬牙切齿。

爱好和平的人民，

能不警惕?

堂堂中国，

理应天下无敌。

建设事业，

必须一天比一天壮丽。

三

是的，

咱们不会辜负春天美景。

这片国土上，
住满英雄，
青年像赵云，
老年赛黄忠，
儿童似哪吒，
少年如罗成，
婆婆好似佘太君，
妇女如同穆桂英。
好传统，
万古长青。

是的，
人人心上春意浓。
这片国土上，
财富无穷。
小伙子勇敢，
老战士忠诚，
女性心地纯洁，
壮年精力旺盛，
孩子欢笑，
姑娘多情。
俊美外表，
藏着俊美心灵。

当春到人间，

花舞春城，

我们装载着：

满腹文章，

满腔歌声；

面对着：

早晨寒流，

傍晚黄风。

在高高天上，

放出意志如虹，

在广阔大地，

散发着热气腾腾。

当春色满园，

河水解冻，

我们满怀着：

战斗决心，

革命激情；

笑迎着：

拂晓云霞，

黄昏亮星。

在田野里，

追逐那青春踪影，

在山岗上，

举手掀动天空。

四

旧的一年飞去了，
看不见行踪。
它那彩笔，
却已把我们的心儿染红。
忘不了：
那蓬勃气象，
动人场景。
想不尽：
那英雄故事，
优美歌声。
好时光，
为什么不停一停？

新的一年飞来了，
身子一样儿轻。
它的脚步，
已把我们唤醒。
仰望着：
那银色晨光，
金色前程；

禁不住：
手舞足蹈，
心高气盛。
好年头，
再创造个好年成！

中国的儿女昄，
胸襟开阔，
心地光明。
说得到，
做得到，
言必顾行。
千斤担，
万斤闸，
我们甘愿拒承。
半点虚夸，
半点浮躁，
让它一起化作清风。

中国的儿女呀，
有志气，
有本领，
腿儿酸，
筋骨痛，

敌不过心肠硬。
千重山，
万条水，
早不陌生。
半分骄气，
半分懒惰，
决不让它度过寒冬。

五

同志呀，
你们多么好！
决心啊，
比天高。
快快迈开虎步，
挺起熊腰！
走向田野，
走向山坳。
向大地索取财富，
向高山索取珍宝！
春风动，
正为我们鸣锣开道。

一年大计，

在今朝。

好庄稼，

靠保苗；

好收成，

靠锄草。

春到人间，

快和春天赛跑。

拿出壮志雄心，

把田间大闹。

让一切困难，

在我们面前双膝跪倒。

兄弟呀，

你们真是一代天骄。

干劲啊，

冲九霄。

快快举起铁锤，

拿起钻镐！

走向炉边，

走进坑道。

放出钢水如江河，

打开大自然奥妙。

春光明媚，

正在我们头上照耀。

丰功伟绩，
谁创造？
马行千山，
靠好膘；
船行万水，
靠好篙。
英勇斗士，
不辞劳！
层层关口，
难挡道。
辛苦吗？
不值一笑！

六

呵，
春天来了！
春天的主人，
不负春光好。
辛勤劳动，
勇敢斗争，
春天才为我们报效。
春色新，

人儿振奋，

人心与春色齐飘。

春有精神，

人也雀跃。

呵，

春天来了！

春天的主人，

把春天打扮得更美妙。

红旗漫卷，

人群鼎沸，

春天才如此多娇！

春在人里，

人在春里，

人和春天融在一道。

人儿年青，

春也不老。

春天来了，

人间幸福知多少！

知心的人儿，

莫错怪我轻佻。

我们是一为今日，

二为明朝。

万山丛中，
种仙桃。
大戈壁里，
探油苗。
一生辛苦一生乐，
壮丽的前程难画描！

春天来了，
人间喜气万丈高。
知心的人儿，
莫错怪我浮飘！
我们不是仅为个人，
也不是仅为家小。
一腔热血，
似火烧；
满副精力，
如刀出鞘。
誓为共产主义
打开阳关大道！

1959 年初作

致大海①

大海呵，

我又一次

来到你的奇异的岸边。

……无须频频的招手，

也不用那令人厌倦的寒暄，

厚重的情谊

常像深层的海水

——并不荡起波澜。

没有朗朗的大笑，

也没有苦咸的眼泪

滴落在风前，

在我胸中涌起的

是刻骨铭心的纪念。

我自己呀

从来也不是

剽悍而豁达的勇士，

无端的忧郁

① 首刊于《诗刊》1957 年第 2 期。

像朝雾一样
　　　　　　蒙住了我的少年。
小小的荣誉或羞辱，
总是整夜整夜地
　　　　　　　在我的脑际纠缠，
我反抗着，怨恨着，
只不过是为了个人的命运
取得些微的改善。
在一个秋天的
　　　　　　　没有月亮的夜晚，
我，如同一只失惊的猫，
跳出日本侵略者的铁栏。
载着沉重的哀愁
偷偷地，偷偷地
登上那飘着英国旗的商船。
统舱里，充塞着
陈货和咸鱼的腥臭气味，
被绑着手脚的浮尸
在船边激荡起来的
　　　　　　　带血的泡沫中打旋。
当黄色的波涛，
吞没了岸上的灯火，
我也仿佛沉入海底，
周围是无边无际的黑暗。

夜风呀，

吹去了

       一个知识分子的可怜的梦幻，

残忍的世界啊，

何处才有

       这个脆弱的生命的春天？

呵，真是神话般的奇遇啊！

——当黎明降临时

伴随着太阳向我迎来的

竟是一条发亮的黄金似的海岸。

……我甚至来不及站在岸边

谛听大海的深沉的咆哮，

也不曾想起

       要问一声早晨好，

少年的倨傲的心

又重新在我的肋骨中暴跳，

我急速地迈着英武的步子，

踏上了海滨的林荫大道。

我毫不思索人生

也无心去追寻

       大海的奥妙，

放浪地躺在软和的沙滩上，

足足睡了三个香甜的午觉；

又跟一位比我更自负的同伴

在高谈阔论中

　　　　　　　度过三个通宵。

第四天，在阳光满地的清早，

我又匆匆地走了。

我走了，带走的记忆是什么呢？

无非是来时的渺小的哀愁，

去时的稚气的欢笑；

我走了，目的何在呢？

与其说是为灾难中的祖国报效，

不如说是为了在反抗侵略的战争中

索取对于个人的酬劳。

大海呵，

你刚健而豪迈的声响，

并没有给我的心灵以感召，

你的博大与精深

也不曾改变

　　　　　　　我的胸怀的狭小。

呵，殷红的大旗，

把我卷进了西北高原的风暴，

一只跛了腿的驴子

把我驮到一座古老而破落的城堡，

在那里，我换上了

灰布的军装，

随后，一声号令

把我喝上了战斗的岗哨。

而党的思想和军队的纪律

这时就以其特有的真理的光辉，

无孔不入地把我的身心照耀，

而死神则像影子一样

追踪着我，并且厉声逼问我

——你是战斗，还是逃跑？

我不久就被折服了，

纵然我的心中

　　　　　　也有过理所当然的烦恼；

我再也不想到别处去了，

因为我已经渐渐地

　　　　　　与周围的世界趋于协调。

北方的风砂的呼啸之声，

在我的耳边

　　　　　变为使我迷醉的音乐，

而遥远的海洋呢

我已经忘记了

好像在梦中都不曾见到。

呵，大海，又是神话般的奇遇啊？

——今天我再一次

来到你的黄金似的岸边，

以战士的激情

　　　　　默默地向你致敬。

……那平静的海滨

立刻出现了红楼绿树的倒影，

那里，好像站着一位旅店的主人，

对着他所熟识的宾客笑脸相迎。

小群小群的渔船也向岸边驶来，

白帆，好像海鸥扇着翅膀，

向久别的亲人传送柔情。

而我呀，好像还是在火线上那样，

为了一种神圣的爱

甚至甘心情愿

           献出自己的生命，

不，好像世界上已经没有了我，

我就是海，

我的和海的每一呼吸

           都是这样息息相通。

高大的天空

成了最有天才的画家，

不住地把那雄劲的大笔挥动，

它给大海涂上万种色彩，

而且变幻无穷。

爽朗的风

仿佛无所不能的神仙，

迈着轻捷的脚步在海上巡行，

它到了哪里，

哪里就开出云朵似的浪花，

发出金属般的回声。

巨大的太阳

如同点石成金的术士，

用它的神妙的手把大海拨弄，

那无数条水波变成了无数条金鱼，

放肆地跳跃着，挤撞着

展开了一场火烈的战争。

无边的海面，

仿佛一个顶天立地的巨人，

袒露着他的硕大无比的前胸，

让一切光波在这里聚会，

让一切声音在这里喧腾，

让一切寒冷者在这里得到温暖，

让一切因劳累而乏困的人

在这里进入幻丽和平安的梦境。

大海呵，

在你的面前，

我的心

　　　久久地、久久地不能安静，

我并不是太愚蠢的人，

可是为什么，为什么不能更早些

开始你那样的灿烂的人生！

太多的可耻的倦怠，

太久的昏沉大睡，

代替了你那样的勤奋和清醒；

无聊透顶的争执，

为了小小的不如意而忧心忡忡，

代替了你那样的大度和宽容；

孤高自傲的癖性，

只会保护自己的锐敏的神经，

像梦魇似地压住了你那样的广阔的心胸；

生活的琐屑与平庸，

无病呻吟而又无事奔忙，

像垃圾一样

　　　　　填塞住像你那样的远大的前程。

现在，我总算再一次地

悟到了我的明哲的神圣，

让你的圣洁的水

洗涤洗涤我的残留着污迹的心灵。

呵，大海，在这奇异的时刻里，

我真想张开双手

　　　　　纵身跳入你的波涛中。

但不是死亡，

而是永生。

我要像海燕那样

吸取你身上的乳汁

去哺养那比海更深广的苍穹；

我要像朝霞那样

在你的怀抱中沐浴，

而又以自己的血液

　　　　　　把海水染得通红；

我要像春雷那样

向你学会呼喊，

然后远走高飞

　　　　　去吓退大地上的严冬：

我要像大雨那样，

把你吐出的热气变成水滴，

普降天下，使禾苗滋长，

使大海欢腾……

1956 年 7 月初稿，在青岛

1956 年 12 月改，在北京

望星空①

一

今夜呀，

我站在北京的街头上，

向星空了望。

明天哟，

一个紧要任务，

又要放在我的双肩上。

我能退缩吗？

只有迈开阔步，

踏万里重洋；

我能叫嚷困难吗？

只有挺直腰身，

承担千斤重量。

心房呵，

不许你这般激荡！……

---

① 首刊于《人民文学》1959 年第 11 期。

此刻呵，

最该是我沉着镇定的时光。

而星空，

却是异样地安详。

夜深了，

风息了，

雷雨逃往他乡。

云飞了，

雾散了，

月亮躲在远方。

天海平平，

不起浪，

四围静静，

无声响。

但星空是壮丽的，

雄厚而明朗。

穹窿呵，

深又广。

在那神秘的世界里，

好像竖立着层层神秘的殿堂。

大气呵，

浓又香。

在那奇妙的海洋中，

仿佛流荡着奇妙的酒浆。
星星呀，
亮又亮。
在浩大无比的太空里，
点起万古不灭的盏盏灯光。
银河呀，
长又长，
在没有涯际的宇宙中，
架起没有尽头的桥梁。

呵，星空，
只有你，
称得起万寿无疆！
你看过多少次：
冰河解冻，
火山喷浆！
你赏过多少回：
白杨吐绿，
柳絮飞霜！
在那遥远的高处，
在那不可思议的地方，
你观尽人间美景，
饱看世界沧桑。
时间对于你，

跟空间一样——
无穷无尽，
浩浩荡荡。

二

呵，
望星空，
我不免感到惆怅。
说什么：
身宽气盛，
年富力强！
怎比得：
你那根深蒂固，
源远流长！
说什么：
情豪志大，
心高胆壮！
怎比得：
你那阔大胸襟，
无限容量！

我爱人间，
我在人间生长，

但比起你来，
人间还远不辉煌。
走千山，
涉万水，
登不上你的殿堂。
过大海，
越重洋，
饮不到你的酒浆。
千堆火，
万盏灯，
不如一颗小小星光亮。
千条路，
万座桥，
不如银河一节长。

我游历过半个地球，
从东方到西方。
地球的阔大幅员，
引起我的惊奇和赞赏。
可谁能知道：
宇宙里有多少星星，
是地球的姊妹行！
谁曾晓得：
天空中有多少陆地，

能够充作人类的家乡！
远方的星星呵，
你看得见地球吗？
—— 一片迷茫！
远方的陆地呵，
你感觉到我们的存在吗？
——怎能想象！

生命是珍贵的，
为了赞颂战斗的人生，
我写下成册的诗章；
可是在人生的路途上，
又有多少机缘，
向星空了望！
在人生的行程中，
又有多少个夜晚，
见星空如此安详！
在伟大的宇宙的空间，
人生不过是流星般的闪光。
在无限的时间的河流里，
人生仅仅是微小又微小的波浪。
呵，星空，
我不免感到惆怅！
于是我带着惆怅的心情，

走向北京的心脏……

三

忽然之间，
壮丽的星空，
一下子变了模样。
天黑了，
星小了，
高空显得暗淡无光；
云没有来，
风没有刮，
却像有一股阴霾罩天上。
天窄了，
星低了，
星空不再辉煌。
夜没有尽，
月没有升，
太阳也不曾起床。

呵，这突然的变化，
使我感到迷惘，
我不能不带着格外的惊奇，
向四围寻望：

就在我的近边，
在天安门广场，
升起了一座美妙的人民会堂；
就在那会堂的里面，
在宴会厅的杯盏中，
斟满了芬芳的友谊的酒浆；
就在我的两侧，
在长安街上，
挂出了长串的星光；
就在那灯光之下，
在北京的中心，
架起了一座银河般的桥梁。

这是天上人间吗？
不，人间天上！
这是天堂中的大地吗？
不，大地上的天堂。
真实的世界呵，
一点也不虚妄；
你朴质地描述吧，
不需要作半点夸张！
是谁说的呀——
星空比人间还要辉煌？
是什么人呀——

在星空下感到忧伤？

今夜哟，

最该是我沉着镇定的时光！

是的，

我错了，

我曾是如此地神情激荡！

此刻我才明白：

刚才是我望星空，

而不是星空向我了望。

我们生活着，

而没有生命的宇宙，

既不生活也不死亡。

我们思索着，

而不会思索的穹窿，

总是露出呆相。

星空哟，

面对着你，

我有资格挺起胸膛。

四

当我怀着自豪的感情，

再向星空了望，

我的身子，
充溢着非凡的力量。
因为我知道：
在一切最好的传统之上，
我们的队伍已经组成，
犹如浩荡的万里长江。
而我自己呢，
早就全副武装，
在我们的行列里，
充当了一名小小的兵将。

可是呵，
我和我的同志一样，
决不会在红灯绿酒之前，
神魂飘荡。
我们要在地球与星空之间，
修建一条走廊，
把大地上的楼台殿阁，
移往辽阔的天堂。
我们要在无限的高空，
架起一座桥梁，
把人间的山珍海味，
送往迢遥的上苍。

名家诗歌典藏

真的，
我和我的同志一样，
决不只是"自扫门前雪"，
而是定管"他人瓦上霜"。
我们要把长安街上的灯火，
延伸到远方；
让万里无云的夜空，
出现千千万万个太阳。
我们要把广漠的穹窿，
变成繁华的天安门广场；
让满天星斗，
全成为人类的家乡。

而星空呵，
不要笑我荒唐！
我是诚实的，
从不痴心妄想。
人生虽是暂短的，
但只有人类的双手，
能够为宇宙穿上盛装；
世界呀，
由于人的生存
而有了无穷的希望。
你呵，

还有什么艰难，

使你力不可当？

请再仔细抬头了望吧！

出发于盟邦的新的火箭，

正遨游于辽远的星空之上。

一九五九年四月初稿

一九五九年八月二次修改

一九五九年十月改成

厦门风姿①

一

厦门——海防前线呀，你究竟在何处？
不是一片片的荔枝林哟，就是一行行的相思树；
厦门——海防前线呀，哪里去寻你的真面目？
不是一缕缕的轻烟哟，就是一团团的浓雾。

荔枝林呵荔枝林，打开你那芬芳的帐幕，
知我者，请赐我以战斗的香甜和幸福！
相思树呵相思树，用你那多情的手儿指指路，
爱我者，快快把我引进英雄的门户！

轻烟哪轻烟，莫要使人走入歧途，
真理才是生命之光，斗争才是和平之母；
浓雾呵浓雾，休想把明亮的天空蒙住，
黑夜已经仓皇而逃，太阳已经喷薄而出。

---

① 首刊于《人民日报》1962 年 6 月 18 日。

厦门——海防前线呀，你究竟在何处？
外边是蓝茫茫的东海哟，里面是绿悠悠的人工湖；①
厦门——海防前线呀，哪里去寻你的真面目？
两旁是银闪闪的堤墙哟，中间是金晃晃的大路。②

二

大湖外、海水中，忽有一簇五光十色的倒影；
那是什么所在呀，莫非是海底的龙宫？
沿大路、过长堤，走向一座千红万绿的花城，
那是什么所在呀，莫非是山林的仙境？

真像海底一般的奥妙啊，真像龙宫一般的晶莹，
那高楼、那广厦，都仿佛是由多彩的珊瑚所砌成；
真像山林一般的幽美啊，真像仙境一般的明静，
那长街、那小巷，都好像掩映在祥云瑞气之中。

可不在深暗的海底呀，可不是虚构的龙宫，
看，凤凰木开花红了一城，木棉树开花红了半空；
可不在僻远的山林呀，可不是假想的仙境，
听，鹭江唱歌唱亮了渔火，南海唱歌唱落了繁星。

---

① 从杏林到集美的长堤，把海湾拦腰截断，形成一座巨大的人工湖。
② 这里的“堤墙”，指集美到厦门的长堤。

可不在冷寞的海底呀，可不是空幻的龙宫，
看，榕树好似长寿的老翁，木瓜有如多子的门庭；
可不在肃穆的山林呀，可不是缥缈的仙境，
听，五老峰有大海的回响，日光岩有如鼓的浪声。①

分明来到了厦门城——却好像看不见战斗的行踪，
但见那——满树繁花、一街灯火、四海长风……
分明来到厂厦门岛——却好像看不见战场的面容，
但见那——百样仙姿、千般奇景、万种柔情……

呵，祖国的花城，你的俊美怎能不使我激动！
我的脚步啊，可无论如何不能在此久停；
呵，南方的宝岛，我怎能不衷心地把你称颂！
我必须前进啊，前面才有我的雄伟的途程。

三

上扶梯、登舰艇，我驰进大海的怀抱里，
这又是什么所在呀？一切都如此令人着迷！
爬土坡、攀石岗，我深入层峦耸翠的山区，
这又是什么所在呀？一切都仿佛十分熟悉！

---

① 五老峰，为厦门岛内山峰；日光岩是鼓浪屿的山峰；相传，鼓浪屿海中
浪如鼓声，鼓浪屿因此得名。

望远镜整日在海上搜索，雷达时时在空中寻觅，

这里的每滴海水，都怀着深深的警惕；

峰岩织满了火网，高山举起了红旗，

这里的每块石头，都流贯着英雄的血液。

紫云中翻飞着银燕，重雾里跳动着轻骑，①

这里的每排浪花，都在追踪着敌人的足迹；

观察所日夜不息地工作，海岸炮时时向前方凝视，

这里的每粒黄土，都有着无穷无尽的精力。

海水天天扬起新潮，山头月月长出嫩绿，

这里的每根小草，都深藏着百折不回的意志；

弹坑中伸出了高树，坑道里涌出了泉溪，

这里的每朵野花，都显现着英勇无畏的雄姿。

哦，这不过是南方的一角，却集中了南方的多少生机！

大雁从这里飞过，都要带走万千春天的信息；

哦，这不过是祖国的一地，却凝聚了祖国的多少豪气！

山鹰从这里越过，都要鸣响它那饱含情热的风笛！

这到底是什么所在呀——离厦门城仅有咫尺，

---

① 我军之轻便舰艇，有"海上轻骑"之称。

竟有如此的雄风、如此的骇浪、如此的急雨！
这到底是什么所在呀——就在厦门岛的高地，
竟有如此的青天、如此的白云、如此的红日！

呵，令人着迷的大海——我的老战友的新居，
把我收下吧，我的全部身心都将不再远离；
呵，我所熟悉的山区——我们的英雄的故里，
拥抱我吧，我永生永世都将忠诚地捍卫着你。

四

当我在近海里巡游，回头又见我们的海岸线，
那又是什么所在呀，为什么显得格外壮观？！
当我站在高山上，脚下的城市又忽然展现，
那又是什么所在呀，为什么显得格外庄严？！

我们的海岸线哪，像彩虹似地铺在大陆的边缘，
那高楼、那广厦，正为战斗和劳动的热忱所填满；
我脚下的城市呵，像碉堡似地立在祖国的前端，
那长街、那小巷，正有无限的豪情壮志拥塞其间。

看，凤凰木花如朝霞一片，木棉花如宫灯万盏，
我们的旗帜啊，映照得像热血一样新鲜；
听，南海的涛声如号角，鹭江的潮音如管弦，

我们城里的市声啊，烘托得有如鼓乐喧天。

看，榕树老人捋着长髯，木瓜弟兄睁着大眼，
候着出海的渔民哪，披风戴露满载鱼虾回家园；
听，日光岩下有笑声朗朗，五老峰中有细语绵绵，
陪着海岸的哨兵啊，谈天说地议论我们的好江山。

分明还是那个厦门城——怎么又有这样的新市面！
怪不得我们的前沿呵，都亲热地把你叫作"后边"。
分明还是那个厦门岛——怎么又有这样的好容颜！
怪不得我们的海军呵，都把你看作"不沉的战船"。

呵，祖国的花城，多么豪迈，多么烂漫！
当我走上了前沿，反而不能不一再回首把你饱看；
呵，南方的宝岛，多么壮丽，多么丰满！
当我成为你的战士的时候，反而对你这样地情意缠绵。

五

厦门——海防前线呀，你为什么这样变化莫测：
一会儿温柔、一会儿威武、一会儿庄严又活泼？……
厦门——海防前线呀，你到底有几个：
一个在欢腾、一个在战斗、一个在劳动和建设？……

不、不，不是厦门——海防前线变化莫测，
只因为我这初来的人啊，不了解它的非凡的性格；
不、不，不能把厦门——海防前线分成几个，
只怪我这战士的心海呵，掀起一次又一次的风波。

我们的厦门——海防前线呵，断然不可分割，
庄严和秀丽、英雄和美，是如此地一致而又谐合；
我们的厦门——海防前线呵，从来只有这一个，
后方为了前沿的战斗，前沿为了后方的欢腾的建设。

我们的厦门——海防前线呵，犹如我们的整个生活，
和平、斗争、建设，一直在这里奇妙地犬牙交错；
我们的厦门——海防前线呵，象征着我们的祖国，
高昂而热烈的斗志哟，紧紧地拥戴着明丽的山河。

厦门——海防前线呀，我终于偎进了你的心窝，
请把我的生涯，也深深地涂上像你那样的亮色；
厦门——海防前线呀，你已为我上了珍贵的第一课，
我因此才能用你的光彩，把你的风姿收进我的画册。

1961 年 10 月—1962 年 3 月，一、二、三稿于厦门—北京—厦门
《在延安文艺座谈会上的讲话》发表二十周年那一天，四稿于北京

秋 歌①
——之二

秋天啊，请把簌簌的风声喝断！
我的歌儿呀，唱了还不到一半。

秋天啊，请把你的脚步儿放慢！
我们的人哪，还要看你千百遍。

看呀看，近处的村镇、远处的边关，
处处哟，都是红旗一片、凯歌一片。

看呀看，近处的田野、远处的高原，
处处哟，都是黄金一片、笑声一片。

看呀看，天高、云淡，大雁南旋，
我们的国土上，哪里都有战斗的风帆！

看呀看，人强、马壮，尘烟飞卷，

---

① 首刊于《人民文学》1962年第11期。

我们的大地上，哪里都有革命的好汉！

看呀看，北方的松树、南方的青山，
跟我们的谷穗一样哟——沉甸甸！

看呀看，大上的繁星、地上的灯盏，
跟我们的心思一样哟——亮闪闪！

呵，看山不远走山远——
为迎接秋天，谁的鞋底没有磨穿！

呵，看花容易绣花难——
为装点秋天，谁的手上没有生茧！

风来了，是我们迎上前！
雨来了，是我们撑开伞！

狼来了，是我们点起了火焰！
虎来了，是我们举起了铁拳！

天旱了，是我们走遍深山找清泉！
天涝了，是我们筑起堤坝挡狂澜！

敌人入侵了，是我们把它的魔爪斩断，

叛徒出笼了，是我们把它的面目揭穿！

是我们，开发了祖国的一宗宗富源；
是我们，抵住了老天的一回回挑战！

是我们，庋过了一道道险恶的关山；
是我们，经受了一次次困难的考验。

哦，相信我们吧，大海那边的英雄汉！
无论多大的风雪哟，也盖不住昆仑山！

哦，相信我们吧，高山那边的好伙伴！
无论多猛的洪水哟，也淹不了黄河源！

往后的生活啊，纵有千难万难；
我们的人哪，却有压不烂的钢臂铁肩！

往后的世界啊，纵有千险万险；
我们的人哪，却有吓不破的忠心赤胆！

黑夜有尽头哟，太阳没遮拦；
堂堂中国呵，永远矗立在天地间！

暑热不长久哟，乌云会消散；

时光呵，又为我们送来个好秋天！

秋天啊，请把簌簌的风声喝断！
我的歌儿呀，还远远没有唱完……

秋天啊，请把你的脚步儿放慢！
我们的人哪，还要看你千万遍……

1962 年 10 月 18 日—11 月 1 日

团泊洼的秋天①

秋风像一把柔韧的梳子，梳理着静静的团泊洼；
秋光如同发亮的汗珠，飘飘扬扬地在平滩上挥洒。

高粱好似一队队的"红领巾"，悄悄地把周围的道路观察；
向日葵摇头微笑着，望不尽太阳起处的红色天涯。

矮小而年高的垂柳，用苍绿的叶子抚摸着快熟的庄稼；
密集的芦苇，细心地护卫着脚下偷偷开放的野花。

蝉声消退了，多嘴的麻雀已不在房顶上吱喳；
蛙声停息了，野性的独流减河也不喧哗。

大雁还没有南去，水上只有默默浮动的白净的野鸭；
秋凉刚刚在这里落脚，暑热还潜藏在好客的人家。

秋天的团泊洼呵，好像在香甜的梦中睡傻；
团泊洼的秋天呵，犹如少女一般羞羞答答。

① 作者去世后首刊于《诗刊》1976 年第 11 期，此据手稿。

团泊洼，团泊洼，你真是这样静静的吗？

全世界都在喧腾，哪里没有雷霆怒吼、风云变化！

是的，团泊洼的呼喊之声，也和别处一样洪大；

听听人们的胸口吧，其中也和闹市一样嘈杂。

这里没有第三次世界大战，但人人都在枪炮齐发；

谁的心灵深处——没有奔腾咆哮的千军万马！

这里没有刀光剑影的火阵，但日夜都在攻打厮杀；

谁的大小动脉里——没有炽热的鲜血流响哗哗！

这里的《共产党宣言》，并没有掩盖在尘埃之下；

毛主席的伟大号召，在这里照样有最真挚的回答。

这里的《水浒》，已经开始受到众人的唾骂；

反对投降主义的声浪，正惊退了贼头贼脑的鱼虾。

解放军兵营门口的跑道上，随时都有马蹄踏踏；

五七干校的会议室里，荧光屏上不时出现《创业》和《海
    霞》。

在明朗的阳光下，随时都有对修正主义的口诛笔伐；

在一排排红房之间，常常听见同志式温存的夜话。

……至于战士的深情，你小小的团泊洼怎能包容得下！
不能用声音，只能用没有声音的"声音"加以表达：

战士自有战士的性格：不怕污蔑，不怕恫吓；
一切无情的打击，只会使人腰杆挺直、青春焕发。

战士自有战士的抱负：永远改造，从零出发；
一切可耻的衰退，只能使人视若仇敌，踏成泥沙。

战士自有战士的胆识：不信流言，不信欺诈；
一切无稽的罪名，只会使人神志清醒、大脑发达。

战士自有战士的爱情：忠贞不渝，新美如画；
一切额外的贪欲，只能使人感到厌烦，感到肉麻。

战士的歌声，可以休止一时，却永远也不会沙哑；
战士的明眼，可以关闭一时，却永远也不会昏瞎。

战士可以在这里战斗终生，却永远也不会告老还家；
战士可以在这里劳累而死，却永远也不让时间的财富白
　搭……

请听听吧，这就是战士一句句从心中掏出的话，
团泊洼，团泊洼，你真是那样静静的吗？

是的，团泊洼是静静的，哪里会时刻都在轰轰爆炸！
不，团泊洼是喧腾的，这首诗篇里就充满着嘈杂。

不管怎样，且把这矛盾重重的诗篇埋在坝下，
它也许不合你秋天的季节，但到明春准会生根发芽……

一九七五年九月

（初稿的初稿，还需要做多次多次的修改，属于《参考消息》一类，万勿外传）

青松歌①
——林区三唱之三

三个牧童，

必讲牛犊；

三个妇女，

必谈丈夫；

三个林业工人，

必夸长青的松树。

青松哟，

是小兴安岭的旺族；

小兴安岭哟，

是青松的故土。

咱们小兴安岭的人啊，

与青松亲如手足！

白日里，

操作在密林深处；

① 首刊于《上海文学》1963 年第 4 期。

黑夜间，
酣睡在山场新屋。
松林啊，
为咱们做帐幕。

绿荫哟，
铺满山路；
香气哟，
飘满峡谷。
青松的心意啊，
装满咱们的肺腑！……

而青松啊，
决不与野草闲花为伍！
一派正气，
一副洁骨；
一片忠贞，
一身英武。

风来了，
杨花乱舞；
雨下了，
柳眉紧蹙。
只有青松啊，

根深叶固！

霜降了，
桦树叶儿黄枯；
雪落了，
榆树顶儿光秃。
只有青松啊，
春天永驻！

一切邪恶啊，
莫想把青松凌辱！
松涛哟，
似战鼓；
松针哟，
如铁杵。

一切仇敌啊，
休想使青松屈服！
每片松林哟，
都是武库；
每座山头哟，
都是碉堡。

而青松啊，

永为人间服务！
身在林区，
心在南疆北土；
长在高山，
志在千村万户。

海角天涯，
都是路！
移到西蜀，
就生根在西蜀；
运到两湖，
就落脚在两湖。

有用处，
就是福！
能做擎天的柱，
就做擎天的柱；
能做摇船的橹，
就做摇船的橹。

奔前途，
不回顾！
需要含辛茹苦，

就含辛茹苦；

需要粉身碎骨，

就粉身碎骨。

千秋万古，

给天下造福！

活着时，

为好日月欢呼；

倒下时，

把新世界建筑。

青松哟，

是小兴安岭的旺族；

小兴安岭哟，

是青松的故土。

咱们小兴安岭的人啊，

与青松亲如手足。

一样的志趣，

一样的风度，

一样的胸怀，

一样的抱负。

青松啊，

是咱们林业工人的形图！

1962 年 12 月，记于伊春

1963 年 3 月 16 日—26 日，写于上海

白　鹭①

厦门岛
——一尊白鹭②，
云顶山
——白鹭的头颅③，
两道海堤
——白鹭的长足。

白鹭的心窝呀，
烤着陆地的胸脯；
白鹭的红唇呀，
吮着祖国的甘露；
白鹭的肢体呀，
伸进大海的深处。

呵，白鹭！
你是一颗明净的珍珠。

---

①　作者生前似未发表，首刊于《羊城晚报》1980 年 3 月 2 日，此据手稿。
②　厦门岛，形如白鹭，古代有鹭城之称。
③　云顶山，厦门岛上最高山峰。

绿浪呀，
洗去了你身上的尘土；
清风呀，
刷掉了你羽毛中的泥污。

一派洁白，
一身亮度。
只有红色的霞光，
能够装点你的门户；
只有清澈的海面，
能够映出你的形图。

呵，白鹭！
你又是一根高大的玉柱。
阳光呀，
装满了你的肺腑；
海水呀，
磨亮了你的皮肤。

一腔热血，
一身硬骨。
台风再凶猛，
也不能吹乱你的脚步；
海潮再狂暴，

也不能摇动你的基础。

呵，白鹭！
你远远胜过自由的鸿鹄①。
蓝天呀，
清新了你的耳目；
白云呀，
赋予你以最美的情愫。

两翅雄风，
满腹鸿图。
你睁大那锐利的眼睛，
正把海上的仇敌看住；
你抬起那利剑般的长嘴，
忠心地把我们的边疆卫护。

厦门岛
——强固的城堡！
愿你一如过去，
认准你那英雄的道路；
愿你像白鹭那样，
在广阔的世界里翩翩飞舞。……

1962 年

_____

① 鸿鹄，即天鹅。

伊犁河①

大地不沉，
生命不已；
太阳不灭，
时光不止；
天山不倒，
源头不死；
伊犁河哟，
长流不息！

想那春寒时——
江山未绿，
冰雪未消，
田垄未湿；
伊犁河哟，
挟着人间血液，
地下泉溪，
悠悠然而西去。

---

① 首刊于《诗刊》1964 年第 2 期。

当阳春到来，
桃花汛季——
冰雪化水，
甘露成滴，
白杨飞花，
绿柳吐絮
——这一切啊，
又都投身到喧腾的伊犁河水里。

想那初夏时——
鸟忙唱曲，
人忙下种，
马忙拉犁；
伊犁河哟，
带着世上汗汁，
天空喜雨，
飞向高山之西。

当盛夏来临，
麦子黄时——
两岸青山，
满树绿枝，
半天白云，

一川红雨
——这种种影像啊，
又收进伊犁河水的画册里。

想那早秋时——
葡萄长粒，
棉花生桃，
包谷结实；
伊犁河哟，
载着田间香气，
山里肥鱼，
滚滚而远去。

当深秋到来，
丰收节日——
满山歌声，
满谷粮米，
满川欢笑，
满树果实
——这种种盛况啊，
又都映照在伊犁河的波浪里。

而此时——
严冬已至，

寒流东来，

西风卷地；

伊犁河哟，

请依旧负着人间热气，

世上生机，

突破严寒的封锁而西去。

隆冬既来，

阳春在即。

这里的两岸煦风，

一川好意，

满谷深情，

万世厚谊；

永远永远

不会因任何阻碍而停滞！

天地不沉，

生命不已；

太阳不灭，

时光不止；

天山不倒，

源头不死；

伊犁河哟，

长流不息！……

1963 年 9 月—1964 年 1 月 15 日

伊宁—北京

秋收歌①

天空
活像娇蓝娇蓝的海面；
我们的运粮车
活像飞快飞快的彩船；
从地球那边往这边看——
彩船正航行在大海中间。

绿野
活像深远深远的苍天；
我们的谷草垛
活像锃亮锃亮的金山；
从地球那边往这边看——
金山正插上天端。

云霞
活像飘轻飘轻的红毡；
我们的劳动者

① 首刊于《北京新文艺》1972 年 12 月试刊第 5 期，署名袖春。

名 家 诗 歌 典 藏

活像精灵精灵的神仙；
从地球那边往这边看——
神仙正起舞在红毡上面。

——景儿多美，
人儿多欢！
这可不是天堂，
而是实实在在的人间；
这可不是仙境，
而是我们祖国美好的秋天。

这儿的事情，
归我们管；
这儿的活计，
靠我们干；
这儿的秋收季节，
由我们装点。

不上高山，
不见平川；
不吃黄连，
不知蜜甜；
这美好的秋天，
是在斗争中出现。

清闲，清闲，
我们讨厌；
贪婪，贪婪，
我们反感；
我们一心一意
创建社会主义好江山。

霸权，霸权，
我们要砸烂；
侵占，侵占，
我们要推翻；
我们一心一意
把国际主义义务承担。

一颗汗水，
能摔八个瓣，
收拾起来，
赛过珍珠一盘。
千盘万盘——
献给大地上的乐园。

一腔心血，
就是钢水一罐，

飞溅出去，
赛过焰火一团一团。
千团万团
烧化世上冰山。

汗水
永远流不完；
心血
永远溅不干；
我们的生活呀，
永远这样鲜！

秧苗黄了，
我们眼发酸；
秧苗绿了，
我们心里甜；
秧苗高了，
我们的身子也要蹿一蹿。

谷穗倒了，
我们夜难眠；
谷穗饱了，
我们胸中宽；
谷穗熟了，

我们又飞身在炎阳下边。

一片片稻田
好比大火燎原；
一颗颗谷粒
好比星光万点；
我们的大手一抖——
星火狂飞漫卷。

秋风过处
好比拨动琴弦；
机车轰响
好比号角连山；
我们的臂膀一挥——
更引起鼓乐喧天。

金闪闪的谷子
飘飘舞舞进了城关；
银花花的大米
吹吹打打上了车船；
瞧瞧吧——
又是一个欢乐年。

谷粒儿圆，

人也精神饱满；
心里踏实，
不是因为好饭；
步伐轩昂，
不是因为鞋宽。

粮食运走了，
心里更舒坦。
情豪志壮，
不是因为家财万贯；
心高志大，
不是因为做上高官。

最大快乐，
是为人民利益而战；
最大幸福，
是肩挑千斤重担；
最大理想，
是共产主义明天。

我们经管的大地
年年发生巨变：
今年——
千顷大寨田；

明年——
百个昔阳县。

我们献出的鲜花
一年比一年好看；
今年——
红莲；
明年——
牡丹。

我们的光景
一年赛过一年；
今年——
一个美好的秋天；
明年——
一个更美好的秋天。

向海洋①

海洋
海洋呵，
在这样——
天下大乱的年头；
我又来到
你金色的岸边
——对今日的世界
有所探究。
海洋
海洋呵，
在这样——
秋高气爽的时候，
我又获得
极好的机缘——
放眼望到
长天的尽头。

---

① 初稿 1973 年 8 月 17 日于北戴河写成，作者去世后首刊于《江苏文艺》1977 年第 3 期。

湿重的风啊，
又何必
在我灵魂的门窗上
使劲儿地叩！
一种滚烫的
战斗激情，
已经溢满
我的胸口。
轻灵的燕哪，
更无须
在海洋上空
为我导游！
我的心脏，
已经奋发得
如同追波逐浪的
一叶飞舟。

在那朵乌云下面——
纵然可见：
横行霸道的
沙俄海军的遗胄；
国家要独立，
民族要解放，
人民要革命，

却已成为
不可抗拒的历史潮流。
在那苍茫的天海之间——
纵然可见：
耀武扬威的
超级大国的海上贼寇；
反抗的怒火，
起义的红旗，
战斗的旋风，
却已横跨汪洋大海，
直上重霄九。

霸权主义者
挥舞惯了的
大刀匕首，
割不断
同命运
共呼吸的
亲骨肉。
叛徒们
耍弄不尽的
诡计阴谋，
拆不散
同甘苦

共患难的
知心朋友。

在岸边——
我们亲手开垦的
大片大片
绿色田畴，
历来就联结着
亚非拉弟兄们
用心血栽培的
春风杨柳。
在岛上——
我们以黄花红叶
装饰过的
俊俏山丘，
历来就联结着
各洲人民
用金稻青松
织成的锦绣。

在过去——
当我们民族
还处于
生死存亡之秋；

来自四海五洋的
支持和声援，
就飞进了
我们刀枪林立的山头。
在今天——
当我们祖国
面临着空前伟大的战斗；
来自五洋四海的
关怀和鼓励，
更弥漫在
我们的农舍和城楼。

我们怎能忘记：
人民之间的友谊
比天高
比地厚；
从过去
到未来，
它都是我们心上的金山
——长明不锈。
我们怎能忘记：
革命者之间的深情
比天长
比地久；

过千年
历万载，
它仍将生气勃勃，
永世不朽。

我们的阶级，
我们的时代，
决定我们
同霸权主义
有不共戴天的仇；
我们的斗争史，
我们的世界观，
要求我们
永远做世界人民的
最辛勤的牛。
历史的规律，
生活的逻辑，
决定我们
同阶级敌人
永不停息地斗；
革命的理想，
阶级的事业
要求我们
向世界人民

永远伸出温暖的手。

我们是——
属于世界的人
只能为世界
而呼喊奔走,
除了世界的革命
人类的解放,
我们的一生
又有何求!
我们是——
人民的战士
只能与各国人民
同乐同忧;
除了战斗的欢欣
友谊的温暖,
我们再也不需要
别样的享受。

让我们——
每日每时
都把诚心好意
从这里付邮;
一层层海浪

像一批批绿衣使者，

将捎去

我们最热烈的问候！

让我们——

每时每刻

都把殷切的目光

从这里远投；

一簇簇浪花

像一群群白鹤，

将衔走

我们祝贺胜利的美酒！

让我们的

每滴血

每滴汗

都为世界人民而流；

让我们的血汗

统统注入海洋

一任风吹浪卷

输往五洲。

让我们的

全部身躯

全部心力

都献给敬爱的战友；

让我们的身心
化为一砖一瓦
去建设人民友好的
万丈高楼。

我们要以
小小银球
推动起
小小寰球；
让地球在旋转中
带起的风飙
发出人民友谊的
抒情的节奏。
我们要以
革命急流
引领着
历史洪流；
让历史沿着轨道
加速前进，
伴随着汪洋大海的
雄壮的怒吼。

看海洋——
层层巨浪，

朵朵红云，
点点白鸥，
"友谊号"的
远洋巨轮，
正在进出于
我们的港口。
望世界——
满地鲜花，
满山绿林，
满天星斗；
友谊之果
又获得了
前所未有的
真正的丰收。

举世之中——
无产阶级，
革命人民，
怀着大恨深仇，
正在埋葬
霸权主义
——这一群
最疯狂的野兽。
普天之下——

黑暗即将过去
曙光送来白昼：
人类解放的
最壮丽的
理想境界
正向我们招手。

在这样——
剧烈动荡的
革命的年头，
伟大人民
更加显出
越过前人的
豪迈风流；
让我们
大大敞开
我们的
爽朗歌喉，
欢声齐唱：
团结起来
投入空前巨大的战斗！

在这样——
喜气洋洋的

美好的时候，
欢欣的热泪
已经湿透了
我们沾满风尘的
层层衣袖；
让我们
站在海洋之上
展望未来
开辟今后；
高举杯盏
祝贺人民之间的
深情厚谊
——万古千秋！

战台风^①

我曾策马巡逻大草原，
屡屡看见那

  飞砂走石打刀尖；
我曾端枪守卫黄河岸，
屡屡看见那

  狂飙野浪撞船舷；
如今我二次来海岛，
又看见这

  台风暴雨斗晴天。

晴天大海万里蓝，
一阵狂风

  忽然卷起百丈烟。
烟雾迷茫，
好像十万发炮弹

  同时炸林园；
黑云乱翻，

---

① 首刊于《诗刊》1963 年 8 月号（上半年半月刊，下半年改月刊）。

好像十万只乌鸦
　　同时抢麦田。

风足雨脚如响箭，
只听见呜呜呼呼
　　飞近海岛边。
风声凄厉，
仿佛一群群狂徒
　　呼天抢地咒人间；
雷声呜咽，
仿佛一群群恶狼
　　狂嚎猛吼闹青山。

刀风箭雨入海岛，
杀气重重
　　直指红旗百丈杆。
大雨哗哗，
犹如千百个地主老爷
　　一齐挥皮鞭；
雷电闪闪，
犹如千百个衙役腿子
　　一齐抖锁链。

我生在世几十年，

如此风急雨骤

　　　还不曾见。

人们都说黄河险，

这台风暴雨

　　　可比那狂飙野浪更凶悍；

人们都说草原是荒原，

这暴雨台风

　　　可比那飞砂走石更横蛮。

台风何时息？

黑云何时散？

海上的愤懑

　　　已经堆成千重高山！

暴雨何时停？

闪电何时暗？

天下的怒火

　　　已经冒出万丈光焰！

台风暴雨哟，

　　　还我大海晴天！

战，战，战！

　　　顷刻之间起烽烟！

海鸥般的白浪

　　　高歌阔步冲向前，

白浪般的海鸥

　　　振翅腾空上云端；

朝阳般的红旗

　　　抖擞精神飘展在高山巅，

红旗般的朝阳

　　　排云拨雾飞身大海间。

只见天上一片青，

又见海上一片蓝。

天原来不曾塌，

　　　岛也不曾陷，

而台风

　　　却霎时不见；

海原来不曾垮，

　　　石也不曾烂，

而暴雨

　　　却忽然消逝在天那边。

我并不想唱这风云变幻，

却不能忘怀

　　　台风暴雨来去这一天。

来时虽有千重雾，

去时竟无一缕烟；

来时虽有满身杀气满身勇，

去时竟无一寸骸骨一寸胆。
台风暴雨哟,
你耍的什么威风
　　撒的什么欢?

台风暴雨哟
你耍的什么威风
　　撒的什么欢?
你的生命只有一刹那,
只有红日红旗
　　长存晴天大海间;
你的面积不过一小片
只有晴天大海
　　浩浩荡荡无际边。

1963 年 7 月 19 日

西出阳关^①

一

声声咽哟，
声声紧，
风砂好像还在怨恨西行的人；
重重山哟，
重重云，
阳关好像有意不开门。

莫提起呀——
周穆王、汉使臣……
他们怎会是边风塞曲的真知音！
莫提起呀——
唐诗人、清配军……
他们岂肯与天涯地角共一心！

---

① 首刊于《诗刊》1964 年第 2 期。

风砂呵风砂，

只望你不把今人当古人！

你看我们是哪个阶级、谁挂帅印？

阳关呵阳关，

只望你不要颠倒了古今！

你看此时是哪个朝代、谁掌乾坤？

肋生翅哟，

脚生云，

不出阳关不甘心！

血如沸哟，

心如焚，

誓到阳关以外献终身！

何必"劝君更进一杯酒"！

再会吧，乡亲！

哪里的好酒不芳芬？

什么"西出阳关无故人"！

再会吧，乡亲！

哪里不一样度过战斗的青春？

二

未出阳关，

以为阳关会把我们怨；

临近阳关，

以为阳关会把我们拦；

出了阳关，

才知阳关以外最把我们盼。

千顷荒坡，

万顷石滩，

没有人烟它想念人烟；

千顷草地，

万顷沙原，

不是良田它愿作良田。

睡了万载，

梦了千年，

它竟把海市蜃楼当成世上桃源；

躺了万载，

醉了千年，

它竟把驼峰雁翅当成塞上风帆。

太阳干呀，

风声也干，

只因它盼亲人把泪眼望穿；

老天旱呀，

流云也旱，

只因它想亲人把心血流完。

何必"劝君更进一杯酒"！
这广阔的戈壁滩，
哪里挖不出酒泉？
什么"西出阳关无故人"！
这无边的大草原，
不就是故人的心田？

三

未出阳关，
曾见白草森森接山林；
刚出阳关，
又见平沙莽莽黄入云；
远出阳关，
才知阳关以外也有江南春。

渠道网哟，
如条条白锦，
给绿洲织上了好看的花纹；
坎儿井哟，
如颗颗银针，
把荒野缝成了暖人的被衾。

地上的绵羊呀，
空中的白云，
与棉田的波浪一起翻滚；
地上的电灯呀，
空中的星群，
与天山的雪花一道飞奔。

骑驴的维吾尔农妇哟，
跨马的哈萨克牧民，
你们何时成了这里的主人？
支援边疆的青年，
修建铁路的大军，
你们何时到这里生了根？

都是毛主席的战士，
都是一个阶级的人，
不识你们的面也知你们的心；
都在一条道上走，
都向一个目标奔，
不知你们的姓名也知你们的功勋。

何必"劝君更进一杯酒"！
同志的情谊，

比什么好酒都更暖人心；
什么"西出阳关无故人"！
阶级的友爱，
能使生人和故人一样亲。

四

刚出阳关，
老远不见亲人面；
出了阳关向前走，
就同生人结下生死缘；
背朝阳关再西进，
又见二十年前的故人创建好江山。

公路网哟，
如条条长练，
给绿洲镶上了道道金边；
水库群哟，
如串串珠环，
把荒野织成了顶顶花冠。

几百里林带呀，
几百亩条田，
好像翠玉栏杆围绕在天湖四面；

几千丈冰峰呀，

几千顷绿原，

好像水晶宫殿突起在大海中间。

延河的好水哟，

南泥湾的肥田，

你们何时移到天山？

雁门的豪气哟，

五台山的烽烟，

你们为何又在建设边疆时重现？

不用介绍呀，

不用寒暄，

听见呼吸声就知道你过去在哪团；

不用施礼呀，

不用祝愿，

让我们同在天山南北再战它一百年！

何必"劝君更进一杯酒"！

这里的酒太香太甜，

小心喝醉误了长谈；

什么"西出阳关无故人"！

这里的故人成千上万，

只怕你们的拳头敲疼我的双肩。

五

声声切哟，
声声紧，
阳关外的风砂呼唤着西行的人；
红红的太阳哟，
红红的彩云，
高高的阳关变成了凯旋门。

来吧，
祖国的新人！
在这里咱们的前程似锦；
来吧，
革命的新军！
在这里咱们的红旗如林。

远年的暴君呀，
近年的恶棍，
没有留下影子只留下仇恨；
远处的强盗呀，
近处的奸人，
没吓飞尸骨也要吓掉了灵魂。

故人情意深哟，

生人情意殷，

没有人烟的地方等着种谷人；

老村有花地哟，

新村有林荫，

没有花木的地方有热烈的心。

何必"劝君更进一杯酒"！

这样的苦酒何须进！

且请把它还给古诗人！

什么"西出阳关无故人"！

这样的诗句不必吟，

且请把它埋进荒沙百尺深！

1963 年 7 月—1964 年 1 月 14 日

乌鲁木齐—北京

雪满天山路①

同志哥呀，
早早儿来！
人说天山上冷，
咱说天山上最自在；
同志姐呀，
早早儿来！
人说这条公路险，
咱说这条公路最可爱。

天山哟，
打从天上来。
大大的步儿，
下天台；
高高的个儿，
穿银铠；
宽宽的腰儿，
扎玉带。

---

① 首刊于《诗刊》1964年第2期。

公路哟，

在天山上开。

公路开在天山上，

好像一条白龙驾云彩；

公路爬向天山顶，

好像龙头抬；

公路起自天山脚，

好像龙尾摆。

老苍苍的松树呀，

两边排，

如同两队神仙

朝你躬身下拜；

年青青的杉树呀，

满山栽，

如同满营仙女

为你张灯结彩。

太阳一出哟，

千树万树花儿开；

天山呀，

忽然成了人间的大花海；

朝霞一展哟，

千峰万岭把花儿戴；

白龙呀，

忽然成了天山的花飘带。

向阳处，

桃花儿开；

背阴处，

李花儿白；

高高的，

那是木棉花儿移植来塞外；

矮矮的，

那是荷花儿出水上高台。

向阳处，

杏花儿把脸儿晒；

背阴处，

梨花儿把头儿摆；

成片的，

那是平原上的棉花儿性子改；

成行的，

那是南方的蜡梅花儿西边来。

同志哥呀，

早早儿来！

谁说天山上冷？

你看那花儿一直冻不衰；

同志姐呀，

早早儿来！

谁说这条公路险？

你看那花儿一直开不败。

体质不强的，

也不妨到这儿待一待！

这儿的空气呀，

能够帮你身子骨儿抗病灾；

手脚不净的，

也不妨到这儿来一来！

这儿的清风呀，

能够给你扫尘埃。

病入膏肓的，

可恕不招待！

这儿的花瓣呀，

随风一抖就能把你埋；

骨软如泥的，

可别混进来！

这儿的花枝呀，

伸伸腰儿就能刺穿你的脑袋。

这公路哟，
是为英雄开；
英雄到了公路上，
就像蛟龙走东海；
这花儿哟，
是为英雄戴；
英雄到了天山上，
就像上了庆功台。

爱山的人儿，
山也把他爱；
越冷的高山，
越出大角色；
爱花的人儿，
有花戴；
越险的路上，
越有好人材。

同志哥呀，
早早儿来！
这天山路哟，
真像咱们那又亮又美的大舞台；
同志姐呀，

早早儿来！

这大清早哟，

真像咱们这又新又好的大时代。

1963 年 12 月—1964 年 1 月 16 日

乌鲁木齐—北京

我们歌唱黄河①

——为绥德二百余人的"黄河大合唱"演出而作

我们在河边上住了几百代,

我们对黄河有着最深的乡土爱,

我们知道河边上

　　有多少村庄,

　　　多少山崖;

我们知道

　　什么时候浪头高,

　　什么时候山水来;

　　　我们歌唱黄河,

　　　也歌唱我们的乡土爱。

来呀,

　　今天这样好日子,

　　为什么不唱起来!

来呀,

　　今天这样好日子,

　　你还把谁等待!

---

① 首刊于《大众文艺》1940 年 8 月第 1 卷第 5 期。

来呀，

　　你们这脸上没有胡子的，

　　　　额上没有皱纹的，

　　这正是我们歌唱的时代！

来呀，

　　你们这和强盗厮杀的战士们，

　　　　和浪涛搏斗的水手们，

　　　　和土地拼命的农民们，

　　　　大胆地跳上舞台！

唱吧，

　　今儿天上没有阴霾，

　　你爱呼吸就呼吸个痛快；

　　今儿天上缀满星星，

　　给我们生命无限的光彩；

　　今儿这广大的黄河西岸

　　　　是你的舞台，

　　　　是我的舞台，

　　　　是大家的舞台。

唱吧，

　　你敲家伙，

　　　　我道白，

　　扬起你的歌喉，兄弟，

泛起你的酒窝呀，朋友！
我们唱出黄河的愤怒，
　　唱出黄河的悲哀，
让我们集体的歌声
　　和黄河融和起来！

唱吧，
　　我们的歌声
　　　　不叫敌人过黄河！
唱吧，
　　我们的歌声
　　　　不许我们周围有破坏者！

我们不停息地唱，
我们不停息地歌，
　　直到这北方的巨流——
　　　　属于工人的河，
　　　　属于农民的河，
　　　　属于学生旅行的河，
　　　　属于青年人唱情歌的河，
　　　　属于将士胜利归来饮马的河……

那时候，我们站在河岸上
　　静静地听

黄河给我们唱
最动人
最快乐
最幸福的歌。

1940 年 5 月 4 日陕北绥德

投入火热的斗争①

"喂，
年轻人！"
——不，我不能这样称呼你们，
这不合乎我的
　　　　　也不大合乎你们的身份。
嬉游的童年过去了，
于是你们
一跃
而成为我们祖国的
　　　　　精壮的公民。
也许
　　你们心上的世界
　　如蓝天那样
　　　　　　明澈而单纯，
　　就连梦
　　都像百花盛开的旷野
　　　　　　那般清新……

---

① 首刊于《人民文学》1955 年第 10 期，副题为 "——致青年公民，并献给全国青年社会主义建设积极分子大会"，署名马铁丁。

然而迎接你们的

　　却不尽是

　　　　小鸟的

　　　　　　悦耳的歌声，

　　在前进的道路上

　　还常有

　　　　凄厉的风雨

　　　　　　　和雷的轰鸣……

祖国

　　它无比壮丽

　　　　　但又困难重重呵！

在那遥远的海上的早晨，

高悬五星红旗的

　　　　　崭新的轮船，

满载了货物

　　　　迎着太阳的万道金光

　　　　　　　　在远方隐没；

而帝国主义的机群

却正载着

　　　　仇恨和惊惶

　　　　　　呼啸而过。

成群结队的货车

在青藏公路的中途停歇下来了，

草绿色的帐幕

在晚霞的光照下
　　　　　　　海浪般闪烁；
这时，在一万公尺以上的高空，
敌人的飞机
　　　　有时会
　　　　　　忽然掠过，
而带着凶器和电台的特务匪徒
　　　在黑夜中
　　　　　　　暗暗降落。
当飞鸟离窠的时候，
田间大路上
　　　　　扬起了欢乐的歌声，
农民们赶着牲口
把一束束成熟了的庄稼
　　　　　　　　　运回生产合作社，
而隐伏在林子里的富农
　　　　　　　敌意地探视着，
要寻找一切机会
　　　　　　挑起乡村的纷乱和风波。
在喧闹的城市
　　　　　——这社会主义的中心，
汽笛的声浪
　　　　豪迈地向四方
　　　　　　　　传播，

工人们不倦地

边走边谈着

明天的工作；

这时，资产阶级的反动人物

正奢华而又懦怯地

大宴宾客，

不，他们是在狼一般贪婪地

聚议着什么！……

公民们！

这就是

我们伟大的祖国。

它的每一秒钟

都过得

极不平静，

它的土地上的

每一块沙石

都在跃动，

它每时每刻

都在召唤你们

投入

火热的斗争，

斗争

这就是

生命，

这就是
　　　　最富有的
　　　　　　　人生。

不要说：
　　　　"我年纪轻轻
　　　　担不起沉重。"

不，

命运
　　　把你们的未来
　　　　　　　早已安排定，

你们的任务
　　　　将几倍地
　　　　　　　超过你们的年龄。

前一代——
　　　　你们的父辈

真正称得起
　　　　开天辟地的
　　　　　　　先锋，

他们用

热汗和鲜血
　　　　做出了
　　　　　　　前人所梦想不到的事情，

而伟大到无边的
　　　　事业

　　　　　　却还远没有完成，
你们当然会
　　　　加倍地英勇
　　　　　　　以竟全功。
上前去！
　　　　把公开的和隐蔽的敌人
　　　　　　　　　消灭干净，
一切剥削阶级
　　　　也要叫它
　　　　　　　深深埋葬在坟墓中。
只有残酷的斗争
　　　　　才能够保证
那崇高的
　　　　和平的
　　　　　　幸福的劳动。
呵呵，你们这一代
　　　　　　将是怎样的
　　　　　　　　　光荣！
不驯的长江
　　　　将因你们的奋斗
而绝对地服从
　　　　国务院的命令，
混浊的黄河
　　　　将因你们的双手

变得澄清,

北京的春天

将因你们的号令

停止了

黄沙的飞腾

大西北的黄土高原

将因你们的劳动,

变得

和江南一样

遍地春风。

光焰万丈的

共产主义大厦

将在你们的年代

落成。

公民们,

至于你们中间的

每一个,

那用不着

我来说什么。

记住吧,

祖国需求于你们的

比任何时候

都要多,

而它的给予

也从不吝啬，

你们贡献给它的越多

你们的生活

也越光辉

越广阔……

1955 年 4 月—8 月写成

甘蔗林——青纱帐[①]

南方的甘蔗林哪，南方的甘蔗林！
你为什么这样香甜，又为什么那样严峻？
北方的青纱帐啊，北方的青纱帐！
你为什么那样遥远，又为什么这样亲近？

我们的青纱帐哟，跟甘蔗林一样地布满浓荫，
那随风摆动的长叶啊，也一样地鸣奏嘹亮的琴音；
我们的青纱帐哟，跟甘蔗林一样地脉脉情深，
那载着阳光的露珠啊，也一样地照亮大地的清晨。

肃杀的秋天毕竟过去了，繁华的夏日已经来临，
这香甜的甘蔗林哟，哪还有青纱帐里的艰辛！
时光像泉水一般涌啊，生活像海浪一般推进，
那遥远的青纱帐哟，哪曾有甘蔗林里的芳芬！

我年青时代的战友啊，青纱帐里的亲人！
让我们到甘蔗林集合吧，重新会会昔日的风云；

---

① 首刊于《人民文学》1962 年第 7 期。

我战争中的伙伴啊，一起在北方长大的弟兄们！
让我们到青纱帐去吧，喝令时间退回我们的青春。

可记得？我们曾经有过一个伟大的发现：
住在青纱帐里，高粱秸比甘蔗还要香甜；
可记得？我们曾经有过一个大胆的判断：
无论上海或北京，都不如这高粱地更叫人留恋。

可记得？我们曾经有过一种有趣的梦幻：
革命胜利以后，我们一道捋着白须、游遍江南；
可记得？我们曾经有过一点渺小的心愿：
到了社会主义时代，狠狠心每天抽它三支香烟。

可记得？我们曾经有过一个坚定的信念：
即使死了化为粪土，也能叫高粱长得秆粗粒圆；
可记得？我们曾经有过一次细致的计算：
只要青纱帐不倒，共产主义肯定要在下一代实现。

可记得？在分别时，我们定过这样的方案：
将来，哪里有严重的困难，我们就在哪里见面；
可记得？在胜利时，我们发过这样的誓言：
往后，生活不管甜苦，永远也不忘记昨天和明天。

我年青时代的战友啊，青纱帐里的亲人！

你们有的当了厂长、学者，有的做了编辑、将军，
能来甘蔗林里聚会吗？——不能又有什么要紧！
我知道，你们有能力驾驭任何险恶的风云。

我战争中的伙伴啊，一起在北方长大的弟兄们！
你们有的当了工人、教授，有的做了书记、农民，
能再回到青纱帐去吗？——生活已经全新，
我知道，你们有勇气唤回自己的战斗的青春。

南方的甘蔗林哪，南方的甘蔗林！
你为什么这样香甜，又为什么那样严峻？
北方的青纱帐啊，北方的青纱帐！
你为什么那样遥远，又为什么这样亲近？

1962 年 3 月—6 月，厦门—北京

刻在北大荒的土地上①

继承下去吧，我们后代的子孙！
这是一笔永恒的财产——千秋万古长新；
耕耘下去吧，未来世界的主人！
这是一片神奇的土地——人间天上难寻。

这片土地哟，头枕边山、面向国门，
风急路又远啊，连古代的旅行家都难以问津；
这片土地哟，背靠林海、脚踏湖心，
水深雪又厚啊，连驿站的千里马都不便扬尘。

这片土地哟，一直如大梦沉沉！
几百里没有人声，但听狼嚎、熊吼、猛虎长吟；
这片土地哟，一直是荒草森森！
几十天没有人影，但见蓝天、绿水、红日如轮。

这片土地哟，过去好似被遗忘的母亲！
那清澈的湖水啊，像她的眼睛一样望尽黄昏；

---

① 首刊于《人民日报》1963 年 1 月 27 日。

这片土地哟，过去犹如被放逐的黎民！
那空静的山谷啊，像他的耳朵一样听候足音。

永远记住这个时间吧：一九五四年隆冬时分，
北风早已吹裂大地，冰雪正封闭着古老的柴门；
永远记住这些战士吧：一批转业的革命军人，
他们刚刚告别前线，心头还回荡着战斗的烟云。

野火却烧起来了！它用红色的光焰昭告世人：
从现在起，北大荒开始了第一次伟大的进军！
松明却点起来了！它向狼熊虎豹发出檄文：
从现在起，北大荒不再容忍你们这些暴君！

谁去疗治脚底的血泡呀，谁去抚摸身上的伤痕！
马上出发吧，到草原的深处去勘察土质水文；
谁去清理腮边的胡须呀，谁去涤荡眼中的红云！
继续前进吧，用满身的热气冲开弥天的雪阵。

还是吹起军号呵！横扫自然界的各色"敌人"，
放一把大火烧开通路，用雪亮的刺刀斩草除根！
还是唱起战歌呵！以注满心血的声音呼唤阳春，
节省些口粮作种籽，用扛惯枪的肩头把犁耙牵引。

哦，没有拖拉机、没有车队、没有马群……

却有几万亩土地——在温暖的春风里翻了个身!
哦,没有住宅区,没有野店、没有烟村……
却有几个国营农场——在如林的帐篷里站定了脚跟!

怎样估价这笔财产呢?我感到困难万分,
当我写这诗篇的时候,机车和建筑物已经结队成群;
怎样测量这片土地呢?我实在力不从心,
当我写这诗篇的时候,绿色的麦垅还在向天边延伸。

这笔永恒的财产啊,而且是生活的指针!
它那每条开阔的道路呀,都像是一个清醒的引路人;
这片神奇的土地啊,而且是真理的园林!
它那每只金黄的果实呀,都像是一颗明亮的心。

请听:战斗和幸福、革命和青春——
在这里的生活乐谱中,永远是一样美妙的强音!
请看:欢乐和劳动、收获和耕耘——
在这里的历史图案中,永远是一样富丽的花纹!

请听:燕语和风声、松涛和雷阵——
在这里的生活歌曲中,永远是一样地悦耳感人!
请看:寒流和春雨、雪地和花荫——
在这里的历史画卷中,永远是一样地醒目动心!

我们后代的子孙啊，共产主义时代的新人！
埋在这片土地里的祖先，怀着对你们最深的信任；
你们的道路，纵然每分钟都是那么一帆风顺，
也不会有一秒钟——遗失了革命的灵魂……

未来世界的主人啊，社会主义祖国的公民！
埋在这片土地里的祖先，对你们抱有无穷的信心；
你们的生活，纵然千百倍地胜过当今，
也不会有一个早上——忘记了这一代人的困苦艰辛。

是的，一切有出息的后代，历来珍视革命先辈的遗训，
而不是虚设他们的灵牌——用三炷高香侍奉晨昏；
是的，一切有出息的后代，历来尊重开拓者的苦心，
而不是只从他们的身上——挑剔微不足道的灰尘。

……继承下去吧，我们后代的子孙！
这是一笔永恒的财产——千秋万古长新；
……耕耘下去吧，未来世界的主人！

这是一片神奇的土地——人间天上难寻。①

1962 年 12 月—1963 年 1 月 24 日，虎林—北京

---

① 另一稿最后两段为：
"只是必须警惕这样的逆子呵，他把家业耗光荡尽，
却假意地供上祖先的灵牌，用三炷高香侍奉晨昏！
只是必须提防这样的小人呵，他懦怯得寸步不进，
却向后来者虚声恫吓：北大荒只会把你引入迷津！"

"呵，把这笔财产继承下去吧，我们后世的子孙！
在这里持续的将是：伟大的传统、勇敢的革新……
呵，把这片土地耕耘下去吧，未来世界的主人！
在这里长存的将是：繁荣的生活、革命的灵魂……"

又一稿倒数第二段为：
"啊，你们完全不必亦步亦趋地□着前人的脚印，
只要记住：创业者留下的钥匙能够打开幸福之门！
啊，你们完全不必过分地颂扬前人的功勋，
只要记住：不可挑剔开拓者身上的微小灰尘！"

将军三部曲①

月　下②

一　散会以后

暮秋的夜呀，

月好明！

窗如霜染，

窗外传来喧闹声。

脚步震地响，

笑语回夜空。

穿过窗上小孔，

只见人影闪动。

一股活跃气息，

---

① "将军三部曲"是作者结集出版时对这组长诗的总的命名。作者生前曾完成组诗中的另一首《雨后》，因写得不满意，故改为外篇，但生前还是没有发表。此处按作品完成时间先后，将《雨后》编入"将军三部曲"名下。

② 首刊于《人民文学》1959年第3期。

充溢军中。
大战前夕，
又透出一点轻松。

卧在床上，
难入梦，
思绪纷纭，
理不清。
根据地内外，
就要卷起骤雨狂风。
静静的乡村，
即将响彻战斗喧声。
现在会散了，
各路首长回了军营。
大战役的部署，
料已完成。

月悬天上，
也在沉思默想。
深夜呀，
一片安详！
穿过窗上小孔，
再向外望：
呵，将军住室外，

月满墙。

墙中间，

小窗儿灯光黄。

一个大人影，

在窗上来回摇晃。

夜沉沉，

星儿疲困，

秋风倦，

群山打盹。

将军呵，

何事又忧心？

大敌当前，

靠你统帅全军。

恶战将临，

你会百般劳顿。

睡几小时吧，

这决不算过分！

四天前，

情报忽传敌"扫荡"。

四天来，

将军日夜忙。

白日里，

会议频开，
电话响。
黑夜间，
默立地图前，
好似一尊雕像。
茶不饮，
饭不香，
四天四夜，
将军何曾入梦乡！

将军何曾入梦乡！
我又是焦急，
又不好声张。
有心去催问，
扰乱大事难承当。
不去催问吧，
怕他身体受损伤。
明月呀，
你高挂蓝天上，
为什么，为什么
不声不响？
忽然间，
将军一语透出窗：
"秘书，睡了吗？

嗯，来一趟!"

我整好衣装，
走进将军住室。
将军还在灯前，
走来走去。
紧皱双眉，
苦苦凝思。
年轻的译电员，
在小桌前默默站立。
将军忽然告诉他：
"发出吧，万万火急!"
译电员拿起电文，
悄悄走出屋去。

过了半晌，
将军又对我凝视：
"这个战役计划，
是否合乎实际?
对敌情我情，
分析得有没有问题?"
我愣住了。我说：
"我没有参加这个会议。"
将军也觉得好笑：

"我在问我自己。"
他敏捷地披上夹衣，
轻轻将灯吹熄：
"我请你：
跟我一块赏月去！"

二　河边

走到庭院，
将军把双臂伸展，
面对明月，
舒适地打个呵欠。
四围寂静，
风不寒。
警卫班同志，
鼾声往外传。
将军说：
"不必叫警卫员！
他太累了，
咱们偷偷溜到小河边。"

村外有条小河，
离此不远，
翻过围墙，

名家诗歌典藏

穿过两座庭院，
就能出村，
到达河边。
当部队驻扎在这里，
（那是一个月之前）
我曾在小河里，
洗澡洗衣衫，
我说：
"还是走大路吧，
逾墙而过，
有点不太体面。"

将军摆摆手，
叫我噤声。
我们经过哨岗，
穿过胡同。
悄悄儿跳，
缓缓儿行。
不一会，
就听见流水淙淙。
这时，
月在中天，
笑脸相迎；
树枝抖擞，

似会宾朋。

将军身影，
在月光下飘。
脚步儿，
静悄悄。
兴头儿，
万丈高。
穿过树林，
一阵小跑。
箭一般，
到了河套。

停在河边，
将军凝然不动。
静静地看，
静静地听：
水波，
月影，
草舞，
虫鸣，
蛙叫，
涛声。
将军说：

"你觉得吗？

河水也有心灵。"

将军长出一口气，

在岸边走动。

旋转着头，

观看四围风景：

巨石，

树丛，

落叶，

流萤，

小路，

清风。

将军说：

"你瞧呀，

一切都有生命。"

将军"呵"了一声，

大有感触，

看那河水下游，

展开庄严画幅：

谷堆，

窝铺，

场院，

高树，

人家，

大路。

将军说：

"你想过没有？

生活该有多么丰富！"

将军有些倦了，

弓身坐在河边。

仰起头，

把高空饱看：

明月，

青天，

繁星，

大山，

银河，

云烟。

将军说：

"想想吧，

世界多么久远！"

好一会，

将军不再出言。

仿佛有心事，

压在胸间。
可是他面无愁容，
眉儿舒展。
在月光下，
眼睛一闪一闪。
我正要发问，
他又含笑望长天：
"风光多美，
月亮多好看，
夜多静，
空气多新鲜！"

我答不上话，
心儿激动。
这时，
秋风扑面，
河水喧声。
将军屏住呼吸，
抬头凝望，
低头吟咏。
忽然向我说：
"真是良辰美景！
写一首吧，
这还唤不起诗情？"

我窘住了，
苦思不解。
当我在学生时代，
确也曾乘月夜，
对清风，
把感伤之情发泄。
自从投笔从军，
我力求与战斗生活相调协，
几乎一年了，
我不曾书写诗页。
我说：
"我已经是战士了，
绝不会再吟风弄月。"

将军的锋利目光，
向我直逼：
"我不懂，
什么道理?"
我说：
"月光多么忧郁!"
将军说：
"你有什么根据?"
我说：

"古代很多诗人的诗，
都把月光，
写得惨惨凄凄。"

将军笑笑，
头略略摆动，
七分抚爱，
三分嘲弄：
"同志，
时代已大不同。
你的情绪太陈腐了，
真是一介书生。
最好的战士，
才有最高的意境。
月亮是我们的，
月亮与战士的心
相辉映……"

三　草地上

不知是我的无知，
使将军扫兴？
还是他身子疲倦，
难以支撑？

他躺在沙滩上，
面对晴空。
默默望着，
不再作声。
我生怕他睡了，
会染上疾病。
我说：
"回去吧，
小心受风。
你该休息休息了，
天已快明!"

他站起来，
笑意朦胧。
举起步，
走向归程。
离开几丈远，
又停一停。
回头看河水，
河水罜在夜雾中。
举首望苍天，
苍天有倦容。
月儿送别，
客人不可应。

秋风拂拂，
吹不去眷恋之情。

我实在急了，
将军的雅兴，
使我惊奇。
就是铁人吧，
也会力尽筋疲。
石头都睡啦，
只有你不知休息。
大战迫在眉睫，
这样未免不合时宜。
我说：
"我真不懂，
今夜有这么好兴致！
这是战争呵，
不像和平时期！"

将军笑了，
拍拍我的肩头：
"战争胜利了，
恐怕一点闲空也没有。
在现在，
我也极少有这样的时候。

你大概累了，

咱们快点走！”

他加快脚步，

拉住我的手。

我们到树林旁，

跳过小河沟，

在一块草地上，

他忽又停留。

直直地望着我，

有话儿要说出口。

将军说：

"你刚才讲，

你不了解我这股豪兴。

老实说，

我自己也不大懂。

我是放牛的出身，

自小就走夜路，

浴寒风；

这明月，

这山村，

对我有特殊感情。

二十年来，

闹革命，

多半在夜间行动。
夜行军里，
夜战之中，
我也常欣赏夜间风景。"

将军的语调，
那么柔和！
如同微风絮语，
河水扬波。
我几乎忘了：
他那粗犷神态，
刚强性格。
也想不起：
他那虎将雄图，
杀敌怒火。
只感到：
一颗巨大的心在跳，
一股诗情在闪烁。

这时节，
清风徐徐，
吹我头上发，
撩他身上衣。
落叶片片，

搅动了月色，
砸破了沉寂。
我们相对而立，
久久没有话语。
我想着想着，
不由得说了几句：
"多么矛盾呵，
人可以有两重气质：
又粗野，
又纤细。"

将军惊动了，
眼光闪闪：
"嗯，是的，
不，不能这样看。
当我们看见：
灿烂风光，
和平田园，
谁不感到：
生活美好，
前途无限！
正是这样，
我们才拼性命，
为和平而战。

伟大的爱，
变成了英雄虎胆。"

将军的话，
多么深沉，
好像那无际天空，
无边星云。
我仿佛看见：
他那睿智的头脑，
透明的心：
我又一次接触到，
他那崇高的思想，
纯净的灵魂。
我深深信服了，
这个真正的战士，
这个平凡而伟大的人。

这时节，
月儿垂向西。
将军影儿长，
我的影儿细。
远处雄鸡啼，
我们在草地上，
走来又走去。

我想着想着，
又有点怀疑：
"情况这样紧，
还有这种闲情逸致！
你这样深夜出游，
会不会误了大事?"

将军沉思片刻，
睁大明晃晃的眼睛：
"这是闲情逸致吗？
恐怕不一定。
是呵，
这次任务决不轻松。
你说得对，
情况紧急，
困难重重；
可是
我怎能手忙脚乱，
忧心忡忡!"

将军走了两步，
凝望着夜空：
"我羡慕那些精壮农民，
几百斤担子，

挑起来那么轻！
我爱那海上轮船，
载万吨货物，
开起来快如风。
作为司令员兼政治委员，
我怕失去清醒。"
将军话没说完，
忽听见脚步声声，
在树林那面，
一个黑影在飞动……

四　将军和战士

呵，这个人影，
像箭一般飞动。
忽然在一棵树后，
大喝一声：
"什么人？
口令。"
将军命令我：
"慢点回应！"
他拉着我手，
闪进树影中。
这时对方逼近我们，

发出清脆的叫喊：

"不许动！"

看见他的草绿色军服，

将军才稳重地回答：

"英雄！"

将军悄悄说道：

"真不含糊！

又勇敢，

又迅速！"

我们也镇定如常，

大大方方走我们的路。

战士却仔细打量，

感到突兀。

厉声问道：

"有什么任务？"

将军说：

"我们散散步。"

战士更吃惊了：

"多舒服！

半夜三更，

不怕老虎？"

将军风骚，

战士也风骚。
这个答问，
真叫我好笑。
将军说：
"老虎睡了！"
战士说：
"不，老虎还在乱跑。"
将军说：
"我们开完会，
精神有点疲劳。
你看看，
月亮多好！"
战士生气了：
"说得真妙！
既然疲劳啦，
为什么不睡觉？"

将军笑了，
半晌说不出话。
我只好抢上去，
大声回答：
"好，
我们就回去睡啦！"
战士嘲笑道：

"太平天下，
少睡两夜，
算个啥！"
他口气又缓和下来：
"问题本来不大，
你们只要说出真情，
可以不必处罚。"

将军扯扯我衣角，
悄声把口开：
"这个策略，
真不坏，
他想在这儿
让我们坦白。"
又郑重地对战士道：
"我们说得实实在在，
老革命啦，
决不开小差！"
战士更恼怒了：
"不要耍赖！
你们两个，
把手举起来！"

事情真糟，

再也不能迟延。

我说：

"他是司令员兼政治委员！

你不认得吗？

好好看看。"

战士似信非信，

急步上前，

对着将军，

打量一番。

他说：

"我原来是民兵，

到部队没几天。"

我说：

"不要怀疑，

我们刚开完会，

出来不到半小时。"

将军纠正我说：

"不，要诚实！

总有一个钟头了，

也没有和老虎遭遇。"

战士也不让人：

"没有问题，

你是司令员嘛，
老虎见了也不敢吃。"
将军爽朗地笑了，
笑而不语。
战士说：
"司令员同志，
请回去吧，
我送你到司令部去!"

月迈山崖，
远处茫茫如海。
天色渐暗，
星星无精打采。
我们三人，
列成一排。
顺着大路，
走回村来。
将军呵，
还是豪兴满怀。
看看战士，
十分怜爱。
看看月色，
依旧热情澎湃。

走进村口，

过了哨棚。

将军走得更慢，

脚步轻轻。

有时屏住气，

生怕把战士惹醒。

有时小声咳嗽两下，

唯恐让群众担惊。

逼近司令部，

又转身仰望天空。

举起双臂，

挺直了胸。

这一夜呀，

将军大概尽了豪兴！

到了司令部门前，

战士把沉默打断。

他怯怯地说：

"司令员，

我可不可以

给你提点意见?"

将军打趣地说：

"我早就等你审判。

批评吧！

一定要严。"
将军望着战士，
拍着他的右肩。

战士说：
"你是领导同志，
当然知道：
现在形势紧急。
你任务重大，
应当保重身体。
为什么不抓紧时间，
好好休息?"
我插嘴说：
"对，咱们意见一致。"
将军说：
"对，原谅我这一次。
下次再犯，
应该坐禁闭。"

战士立正，
转过身背。
正要走开，
又转回：
"你半夜出村，

这也不对。
在村边走动,
知道你是谁!
万一不谨慎,
就闹个误会。
我走啦,
请你好好睡一睡!
队伍再好,
也得有漂亮的指挥。"
战士说罢,
敬礼而退。

将军望着战士身影,
默默地风前站立。
我唤将军,
将军不理。
我说:
"这个小小插曲,
会不会扫了兴致?"
将军摇头,
似乎生了气:
"年轻人哪,
你多么迂,
应该懂得,

这也是真正的诗！
大地充满生机，
军中长了斗志。
多美的月光，
多好的战士！"

五　一封电报

月光呀，
白银一样在窗上嵌。
夜风呀，
吹得窗纸儿颤。
我走回房，
倒在床，
还是不能成眠。
河水流，
河水响，
河水流响在我眼前。
将军的话，
战士的话，
声声震动我心田。

想起将军，
又为将军担心。

月将落，

夜将尽，

将军该已睡稳？

鸡叫连声，

鸟儿出动，

将军可已好梦沉沉？

军中事，

何等艰辛！

根根白发，

已上将军鬓。

穿过窗上小孔，

又向外望。

唉唉！

将军窗口，

还有灯光。

呀呀！

他的大影子，

还在窗上摇晃。

将军呵，

这就未免过分狂放！

半夜散步，

该已满足出游欲望。

战士的批评，

转眼又遗忘！

我着急，
我难过，
再也不能容忍。
穿上衣，
一阵跑，
撞开将军的门。
将军正在灯前，
一面踱步，
一面低吟。
见了我，
他挥起手，
居然来个先发制人：
"还不睡觉？
你真有精神！"

我说：
"多有意思！
想想吧，
你自己呢……"
将军笑了，
他早已会意。
他说：

"我怎能忘了大事。

你等一等，

只有最后几句。"

灯光下，

有一叠纸。

排列行行，

好像一首诗，

开头是："一〇一、一〇二首长："

旁边写着："万万火急!"

将军伏在桌上，

把最后几句写好。

然后递给我，

庄重地说道：

"你看看吧，

这是一封电报。

改得很乱，

给我抄一抄。

把它发出去，

我就睡觉。"

我坐在椅上，

细细儿瞧。

小小笔头，

在纸上跳。

"战役计划，
方才上报。
三天讨论，
高见不少。

"日夜苦思，
唯恐有失，
再三审核，
已不怀疑。

"敌虽强大，
敢于蔑视，
具体部署，
岂可轻敌！

"愿告首长，
我尚清醒。
党所付托，
敢不珍重。

"军队无双，
只看指挥。
勇气有余，

更需智慧。

"全军上下，
斗志昂扬。
天上人间，
充满月光。"

抄写既毕，
信心百倍。
将军豪情，
沁我心肺。
战士胸怀，
何等高贵！
将军电文，
别有风味。
我呼将军，
将军不答对。
回头看将军：
呀呀，
将军已入睡！
呵，
睡得多么美！

匀称的呼吸，

有如音乐，

舒展的面孔，

并不显得老。

睡得这样甜，

我怎能把他惊扰。

轻轻拉开被，

盖上他的身腰。

悄悄到桌前，

把灯儿吹掉。

忽然间，

月光扑上窗，

轻纱把将军罩。

莫耽搁，

快到机要室，

发出这封电报。

我走出门，

向天边凝望。

月儿西沉，

光辉仍把世界照亮。

朗朗的山，

朗朗的村庄，

人间穿上盛装。

风儿飒飒，

吹薄了夜的幕帐。
夜有尽头，
夜不长，
太阳即将起床。

将军睡了，
一切都很安详。
敌人你来吧！
我们已准备停当。
狂风呵，
暴雨呵，
让我们较量较量！
枪呵，
马呵，
张开坚强的翅膀！
这片大地上，
升起的将是万丈曙光。

1959 年 2 月 15 日改毕